큰오빠

임양 글 · 그림

샘솟다

나는 엄마랑 살아요.

아빠는 가끔 만나요.

새아빠가 생겼어요.

싫다고 말하지는 않았어요.

동생이 생긴대요.
다들 기쁜 일이래요.
내 마음도 모르면서.

엄마는 얼굴도 모르는 아기를 위해 매일 선물을 만들어요.

나는 보이지도 않나 봐요.

어느 날 밤, 엄마가 잠들어 있던 나를
작은 목소리로 깨웠어요.
"엄마, 아기 낳으러 갔다 올게."

새아빠가 담가 놓은 미역이 그릇 가득 불어 있어요.
내 마음도 부풀어 올라 터질 것 같아요.

엄마는 아주아주 작은 아기와 돌아왔어요.

아기가 엄마를 독차지했어요.
이제 내 편은 아무도 없어요.

나도 아기였으면 좋겠어요.

어, 어?

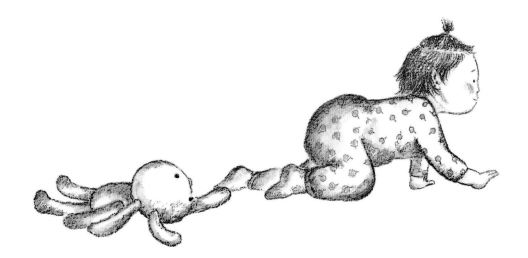

아기가 내 쪽으로 다가와요!

문 앞에서 나를 기다리기도 하고요.

툭하면 내 옆으로 와요.

나를 '오빠'라고 불러요.

동생을 안고 나가면 사람들이 내가 아빠인 줄 알아요.
하지만 기분 나쁘지 않아요.

난 큰오빠이니까요.

임양

대학교에서 동양화를 공부했고 오랫동안 다양한 예술 활동을 해오고 있습니다.
개인전 〈살다〉와 〈묘토진경妙兎進慶〉을 열었고, 여주 책배여강에서 다양한 시민들의
이야기를 그림책으로 만드는 작업을 하며 새로운 소통을 이어 나가고 있습니다.
《박씨전: 낭군 같은 남자들은 조금도 부럽지 않습니다》,《만파식적》,《금희의 여행》,
《깡패 진희》,《안도현 시인이 들려주는 불교 동화》 등 다수의 책에 그림을 그렸습니다.

큰오빠

ⓒ 임양, 2024
초판 1쇄 발행 2024년 1월 31일
초판 2쇄 발행 2024년 12월 3일

글·그림 임양 **편집** 오영나 **디자인** 복부인
스캔 로얄프로세스 **제작** 이지프레스

펴낸곳 샘솟다 **펴낸이** 이새미 **주소** 경기도 파주시 교하로 70, 303-401
전화 031-8035-5338 **팩스** 0504-248-8320
이메일 toallee@naver.com **등록번호** 제2020-000122호

ISBN 979-11-985996-0-5 77810

이 도서는 한국출판문화산업진흥원의 '2023년 중소출판사 출판콘텐츠 창작 지원 사업'의 일환으로
국민체육진흥기금을 지원받아 제작되었습니다.